CR

A las pequeñeces que nos
hacen singulares.

Gracias a mi padre
por adiestrarme en el arte
de sacar los pies del plato.
Gracias a mi madre
por dibujarme unas alas y
enseñarme a utilizarlas.

Yo voy conmigo

Raquel Díaz Reguera

thule

Me gusta Martín.

Me gusta Martín.

Me gusta Martín.

Me gusta Martín.

Me GUSTA Martín.

Me gusta Martín.

Me gusta Martín.

Me gusta Martín.

Me gusta

Lo sé porque cuando pasa por mi lado
siento que me pica la nariz
y que mis rodillas se ponen tontas...
Pero Martín no se da cuenta,

Martín no me mira nunca.

Mi amiga Lucía me ha dicho
que no me queda bien el pelo recogido,
que a lo mejor,
si me lo dejo suelto,
Martín me mirará.

Me he quitado las coletas pero...
Martín no me ha mirado.

Mi amiga Ana me ha dicho
que tal vez
debería quitarme las gafas,
que a lo mejor
sin mis coletas
y sin mis gafas
Martín me mirará.

Me he quitado las gafas pero...
Martín no me ha mirado.

Mi cabeza
empieza a vaciarse de pájaros.
Los veo levantar el vuelo
y alejarse.

Mi amigo Luis me ha dicho
que por qué no pruebo a quitar
esa sonrisita de mi cara.
Está seguro de que
sin mis coletas,
sin mis gafas
y sin mi sonrisita
Martín me mirará.

He dejado de sonreír pero...
Martín no me ha mirado.

Mi amiga Carla me ha dicho
que por qué no pruebo a no tararear
cancioncillas de las mías.
Quizá
sin mis coletas,
sin mis gafas,
sin mi sonrisa
y sin canturrear mis canciones
Martín me mirará.

He dejado de cantar pero...
Martín no me ha mirado.

—¿Serán tus pecas? —me ha
dicho Lola.
Ella piensa que
sin mis coletas,
sin mis gafas,
sin mi sonrisa,
sin mis canciones
y sin pecas
Martín me mirará.

Hoy he ido al cole sin mis
pecas pero...
Martín no me ha mirado.

Y no sé adónde van
los pájaros que viven en mi cabeza...
pero sé que se van
lejos,
lejos,
lejos...

—¿No será qué hablas demasiado? —me
ha dicho Marcos.
Está convencido de que
sin mis coletas,
sin mis gafas,
sin mi sonrisa,
sin mis canciones,
sin mis pecas
y calladita,
seguro que Martín me mirará.

Hoy no he abierto la boca en todo el día
pero...
Martín no me ha mirado.

«¡A lo mejor son mis alas!»,
he pensado.
Sin mis coletas,
sin mis gafas,
sin mi sonrisa,
sin mis canciones,
sin mis pecas,
sin mis palabras
y sin mis alas

Martín me mirará.
Hoy he ido al cole sin mis alas...

Y sin mis coletas
y sin mis gafas
y sin mi sonrisa
y sin mis canciones
y sin mis pecas
y sin mis palabras.

¡Y Martín me ha mirado!
¡Creo que me ha sonreído!

¡Martín me ha visto!

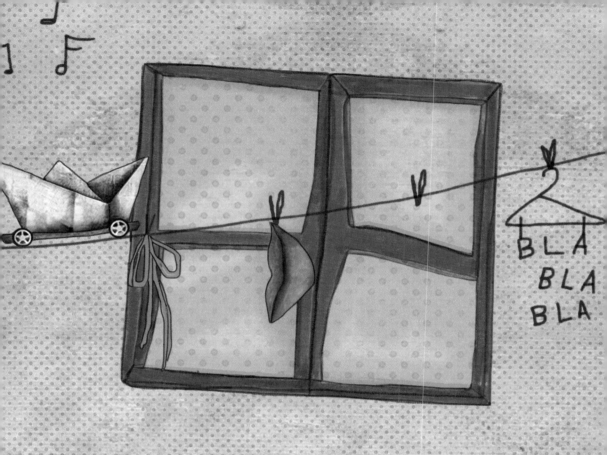

Pero ahora soy yo la que no me veo.

¿Y dónde están los pájaros de mi cabeza?

Le he dicho a Lucía
que me gusta mi pelo recogido,
le he dicho a Ana
que me gustan mis gafas,
le he dicho a Luis
que me gusta mi sonrisa,
le he dicho a Carla
que me gustan mis canciones,
le he dicho a Lola
que me gustan mis pecas,
le he dicho a Marcos
que me gusta hablar
y me he dicho a mí misma
que sin mis alas no soy yo.

Mis alas son iguales
a las de los pájaros de mi cabeza.

Ahora sé
que yo voy conmigo
y me miro y me veo.
Tengo alas.

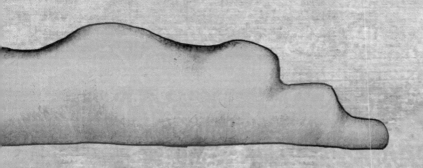

Yo voy conmigo

Sexta edición: febrero de 2018

© 2015 Raquel Díaz Reguera (texto e ilustraciones)
© 2015 Thule Ediciones, SL
Alcalá de Guadaíra 26, bajos
08020 Barcelona

Director de colección: José Díaz
Diseño y maquetación: Jennifer Carná

EAN: 978-84-15357-84-1
D. L.: B-22317-2015

Impreso en Índice, Barcelona. España

www.thuleediciones.com